W0334588

4. Auflage 2001

©1994 nymphenburger in der F.A. Herbig
Verlagsbuchhandlung GmbH, München.
Alle Rechte, auch der photomechanischen
Vervielfältigung und des auszugsweisen
Abdrucks, vorbehalten.
Umschlaggestaltung: Bernd und Christel Kaselow, München
Satz: Typographischer Betrieb W. Biering H. Numberger, München
Gesetzt aus der 12/16p Garamond leicht
Druck: Jos. C. Huber, Dießen
Printed in Germany
ISBN 3-485-00720-X

Wenn auf der Welt immer Weihnachten wäre...

Märchen von
Ruth Maria
Kubitschek

nymphenburger

Den großen und kleinen

Kindern

des kommenden Zeitalters

gewidmet

Peter Maria Kubitschek

Er ist uns vorausgegangen
vor 2000 Jahren
als Beispiel – als Vorbild,
damit wir ihm nachfolgen,
das Christuslicht in unserem
Herzen anzuzünden
und durch die Tat zu wachsen
und unser Licht zu mehren.

Beim Nachdenken über die Bedeutung des Weihnachtsfestes fiel mir Weihnachten in unserer Familie ein. Trotz des Verlustes unserer Heimat wurde es ein Fest der Liebe.

Weihnachten 1945 hat eine Vorgeschichte, die ich erzählen muß:
Ende Juni 1945 verließ meine Mutter freiwillig mit vier Kindern unsere Heimatstadt Komotau in Böhmen. Mich hatte sie schon vier Wochen vorher mit wildfremden Leuten nach Deutschland geschickt, weil ein tschechischer Herr, der bei uns einquartiert war, mich – ein noch nicht vierzehnjähriges Mädchen – heiraten wollte.
In Leipzig trafen wir uns wieder: Meine Mutter, meine vier Geschwister und ich.

Mein Vater war – wie alle deutschen Männer in Böhmen – in Maltheuern, einem großen Gefangenenlager, interniert.

Meine Mutter war eine schöne, temperamentvolle und künstlerische Frau. Sie spielte wunderbar Klavier, stickte Gobelins und las ganze Bibliotheken aus. Sie vergaß dabei völlig den Alltag, den Verlust der Heimat und des Besitzes, sie vergaß ihre Kinder und ihren Mann. Außerdem hatte sie die Fähigkeit, in Fortsetzungen zu träumen – wie ein Regisseur inszenierte sie ihre Träume. Sie wurden immer schöner und positiver, je schlimmer die Realität um sie herum wurde.

Die Realität für meine Mutter war das Flüchtlingslager in Leipzig auf dem Vorplatz des Hauptbahnhofes mit fünf Kindern: Ich, wie gesagt, knapp vierzehn, der dreizehnjährige Helmut, Günter war sieben, Brigitta fünf und der Jüngste, Toni, war eineinhalb Jahre alt.

In ihrer Hand, die im Zug auf dem Weg nach Leipzig von einer Waggontür eingequetscht worden war, bekam meine Mutter Blutvergiftung; sie mußte ins Krankenhaus eingeliefert werden. Die völlig verlausten Kinder wurden in Kinderheime aufgeteilt.

Aber unsere Katastrophen-Mizi – wie sie von uns genannt wurde (denn in Katastrophen richtete sie sich zu voller Größe auf und war unschlagbar) – blieb gelassen, vertraute auf ihr Schicksal und verlor ihren Humor nicht.

Ihre letzte Zuflucht waren immer ihre Träume.

Von der Blutvergiftung genesen, nahm sie mich als Älteste mit auf die Suche nach einer neuen Heimat. Sie löste zwei Fahrkarten von Leipzig nach Dessau, und sie sagte verschmitzt zu mir: »Wenn uns auf dieser Strecke eine Stadt an Komotau erinnert, steigen wir aus.« Also, wir schmissen uns in den vollen Zug, und in Köthen jubelte sie: »Laß uns aussteigen, Köthen-Komotau klingt gut, hier hat Johann Sebastian Bach längere Zeit gelebt, und wir wollen auch hier leben.«

Wir gingen durch die kleine Stadt, die ich furchtbar häßlich fand; aber meine Mutter hatte ihren Bach entdeckt. An jeder Straßenecke blieb sie stehen, denn er könnte die armseligen Straßen entlang gewandelt sein – und nun wandelte sie.

Sie hatte alles vergessen, sie wandelte auf den Spuren von Bach, sie war nicht mehr auf der Flucht.

Trotzdem gingen wir auf mein Anraten aufs Bürgermeisteramt und nicht zur Flüchtlingsstelle.

Dort trafen wir einen Stadtrat oder Bürgermeister, das weiß ich heute nicht mehr genau. Ob Mutters Begeisterung für die Bach-Stadt oder ich sein Herz rührten? Jedenfalls wies er uns sofort auf dem Flieger-

horst ein Zimmer zu, und ich bekam eine Stelle im Bürgermeisteramt. Ich sollte Lebensmittelkarten ausgeben; nach meinem Alter hatte er nicht gefragt.
Auf den Flügeln des ungeheuren Erfolgs fuhren wir zurück nach Leipzig, sammelten unsere inzwischen entlausten vier Kinder ein – ich sage unsere –, sie waren auch meine: der Jüngste, Toni, im Januar 1944 geboren, verbrachte das erste halbe Jahr seines Lebens an meiner Brust, wie bei Zigeunern festgebunden, und dieser war meiner – und Brigitta gehörte auch fast mir – Günter, der Mittlere, gehörte allen, und der älteste der Jungen, Helmut, gehörte nur sich.

Der Neubeginn in Köthen stand zunächst unter guten Sternen: Ich klaute Lebensmittelkarten, wofür wir alles Notwendige eintauschen konnten. In einer hübschen Villa, die dem Arzt Dr. Hippen gehörte, und

in der er mit seiner Familie samt ausgebombten Familienangehörigen wohnte, bekamen wir zwei Zimmer zugewiesen. Wir hatten Betten, einigermaßen zu essen, und wir wußten, daß unser Vater lebte.
Da bekam ich Typhus; denn die Lebensmittelkartenausgabe auf dem Bürgermeisteramt war nicht nur eine Kontaktstelle für Flüchtlinge, sondern auch eine Brutstelle für die Verbreitung von Viruserkrankungen, einer steckte den anderen an. Ich schleppte den Typhus in unsere Familie ein: Mutti und Günter steckten sich ebenfalls an. Nun waren der dreizehnjährige Helmut, die fünfjährige Brigitta und der erst eineinhalbjährige Toni allein. Wohin mit den Kindern? Im Haus von Dr. Hippen durften sie nicht bleiben. Noch lebhaft erinnert sich meine Schwester, wie die beiden älteren Geschwister und die Mutter abtransportiert wurden. Kein Krankenhaus konnte die Fülle der

Typhuskranken aufnehmen, so wurden wir behelfsmäßig in einer Schule in Quarantäne gesteckt. Anschließend wurde von der Behörde die Wohnung ausgeräuchert, um die Bakterien zu töten.
Behörden sorgten ebenfalls dafür, daß die drei zurückgebliebenen Kinder untergebracht wurden. Aber wie? Die Kinderheime waren mit verwaisten Kindern überfüllt.
Toni wurde in ein Krankenhaus eingeliefert, und die beiden Älteren steckte man in ein Altersheim, wo sie sich selbst überlassen wurden. Keiner wusch sie, beide mußten sich selbst täglich um ihr Essen kümmern, der Ältere nahm die Kleine unter seinen Schutz und sorgte für sie, so gut er konnte. Sie streiften den ganzen Tag umher, in der Stadt und in der weiteren Umgebung; Anziehungspunkt waren immer wieder der Fliegerhorst mit seinen Flugzeugwracks und

zerbombte Häuser. Sie trafen sich dort mit anderen Kindern, die ebenfalls schlecht betreut oder verwahrlost waren.
Abends baten die beiden in der Küche des Altersheims um Essen, was sie auch meistens recht und schlecht bekamen, und legten sich dann schlafen: Helmut auf einem Sitzsofa, für die kleine Brigitta hatte man als Bett zwei Sessel zusammengeschoben. Im selben Zimmer schliefen noch zwei greise Frauen. Den Anblick der einen Frau, die mehrmals täglich ihren Nachttopf schlurfend durch das Zimmer und die Flure trug, wird meine kleine Schwester in ihrem Leben nie vergessen; noch heute hegt sie deshalb eine große Abneigung gegen Altersheime.

So vergingen mehrere Monate, bis auf einmal im Altersheim ein meiner Schwester damals groß erschei-

nender, fremder Mann im Lodenmantel erschien – es war unser Vater.
Brigitta sah ihren Vater bewußt zum ersten Mal, denn er war von 1939 bis 1945 bis auf wenige Urlaubstage ununterbrochen im Krieg und danach in Gefangenschaft gewesen.
Wie durch ein Wunder war er nun da. Er nahm das Heft in die Hand, holte meine beiden jüngeren Geschwister sofort aus dem Altersheim und meinen jüngsten Bruder aus dem Krankenhaus zurück in die zwei Zimmer in der Villa von Dr. Hippen, denn noch immer stand uns dieser Wohnraum zu.
Meine Mutter, Günter und ich kehrten, nachdem wir einigermaßen genesen waren, auch zurück. Meine Mutter hat diese Fieberkrankheit sehr viel Lebenskraft gekostet, und sie brauchte eine lange Zeit der Rekonvaleszenz. Mein Vater mußte nun überlegen, wie er

seine große Familie in diesen schweren Zeiten ernähren sollte.
Er war Kaufmann von Beruf. So übernahm er die Leitung eines herrenlos gewordenen Betriebs in Bitterfeld, doch schon nach kurzer Zeit verlor er diese Stelle wieder wegen seiner bürgerlichen Herkunft.
Schon machte sich bemerkbar, daß wir uns in der sowjetisch besetzten Zone befanden. Da mein Vater von Kindheit an eine große Liebe für die Landwirtschaft hatte, und gerade die großen Güter Mitteldeutschlands aufgeteilt wurden, ließ er sich ebenfalls Land zuteilen, gerade soviel, um seine große Familie ernähren und die erforderlichen Abgaben an die Behörden leisten zu können.
Diese Entscheidung traf mein Vater gegen den Wunsch meiner Mutter, die aus einer alten städti-

schen Familie stammte. Sie wollte unter gar keinen Umständen aufs Land. Doch was half es ihr.
Mein Vater dachte bei seiner Entscheidung vor allem an die Zukunft seiner Kinder, denen er die bestmögliche Ausbildung bieten wollte. Das bedeutete für ihn vor allem Schulbesuch und Studium, und das war nur möglich für Arbeiter- und Bauernkinder. Denn nach allem, was er mit seiner Familie erlebt hatte – um mit Thomas Mann zu sprechen »den bürgerlichen Tod« –, blieb ihm die Erkenntnis, und das sagte er uns Kindern immer wieder:
»Das Wichtigste, was ihr besitzt, ist das, was ihr im Kopf habt.« So hatte meine Mutter mit ihrem Willen keine Chance gegen ihn.
Da meine Mutter nach der schweren Krankheit immer noch geschwächt war und sich weiterhin sträubte, aufs Land zu ziehen, ging ich meinem Vater zur

Hand; wir fuhren jeden Tag mit dem Bus von Köthen nach Trinum, dem Dorf, wo mein Vater und ich das uns zugeteilte Land bearbeiteten. Doch wir schlossen einen Vertrag, der nur für zwei Jahre gelten sollte. Dann – so war es zwischen uns abgemacht – würde ich auf eine Schauspielschule gehen. Dieser Vertrag wurde auch von beiden Seiten genau eingehalten.

So, und jetzt kommt die Weihnachtsgeschichte:

Weihnachten 1944 noch in Komotau, in einer großen Wohnung, und nun 1945 in zwei Zimmern in Köthen. Vater und ich arbeiteten bis fünf Uhr nachmittags in Trinum, dann fuhren wir mit dem Bus nach Hause, um sechs Uhr abends waren wir daheim.
Mein Vater spielte den Kindern ein großes Theater vor, daß wir nun alle in das Schlafzimmer müßten, er

hätte mit dem Christkind gesprochen und keines der Kinder dürfe das Christkind bei der Arbeit sehen, aber wir würden das Christkind hören und später – wer weiß – sehen; er wisse natürlich nicht, ob das Christkind auch in Deutschland komme und wie hier so die Gepflogenheiten seiner himmlischen Englein seien: »Aber«, dabei sah er uns alle bedeutungsvoll an, »ihr wart ja brav dieses Jahr, also wollen wir hoffen, daß das Christkind kommt – geht jetzt, und du, Ruth, als Älteste, erzähl ihnen von früheren Weihnachten zu Hause.«

Wir saßen also im Schlafzimmer mit den sieben Betten, eine kleine Lampe brannte, und ich erzählte von Weihnachten, als wir noch in Komotau gewohnt hatten, in einem großen Haus zu ebener Erde mit einem schönen Garten. Der Weihnachtsbaum reichte vom Boden bis zur Decke, geschmückt mit dem schönsten, buntesten Schmuck und mit dem Weihnachtsgebäck der Kubitschek-Großmutter, das in Schuhschachteln, die sie vorher mit Seidenpapier ausgelegt hatte, vor Weihnachten bei uns eintraf; es schmeckte wie die ganze böhmische Küche über alle Maßen gut.

Ich erzählte den Kleinen von Mandeln, Nüssen, Apfelsinen, Zitronen, Lebkuchen, Schaumkringeln und davon, wie die ganze Wohnung von Gerüchen erfüllt war und von Glöcklein klang, und aus der Küche drang der Duft von Gänsebraten und Rotkraut. Und endlich durften Helmut und ich bei Klaviermusik das hellstrahlende Zimmer betreten, und immer sahen wir aus dem offenen Fenster gerade das Christkind wegfliegen.

Während ich dies erzählte, schauten mich die Kleinen mit glänzenden Augen an und leckten sich die

Lippen. Oh, ich blöde Kuh, ich machte ihnen den Mund wäßrig, und was bekamen sie – heute?
Da läuteten feine Glöckchen, man hörte helle Stimmen und seltsame Geräusche. Mutti spielte auf dem Klavier von Dr. Hippen *Stille Nacht, heilige Nacht.* Wir durften jetzt in die Küche. Dort stand ein großer Christbaum, wunderbar geschmückt, weil die Familie Hippen ihren Weihnachtsschmuck mit uns geteilt hatte. Die Kerzen strahlten, und aus dem Fenster flog gerade das Christkind. Ich sah nicht nur den Schleier, es war der Brautschleier von Frau Hippen, kunstvoll wie Flügel um eine Puppe geschlungen – ich sah auch den Besenstiel.

Alle fünf Kinder hatten einen bunten Teller aus dem schönen Porzellan von Frau Hippen. Darauf lagen Äpfel, von Vater gemachte Bonbons aus Butter und Zucker und etwas Weihnachtsgebäck. Die Kleinen bekamen noch bunte Glaskugeln zum Murmelspielen und eine alte Holzeisenbahn, die meine Eltern gegen Mehl eingetauscht hatten. Für Helmut waren Bücher aufgetrieben worden – und zusätzlich hatte Vater jeden von uns gezeichnet: mich als »Leseente«; ich bekam noch den *Faust* und die *Jungfrau von Orleans* zum Auswendiglernen geschenkt.

Die Kleinen aber waren selig. Sie hatten das Christkind gesehen – nicht nur in Komotau gab's ein Christkind, auch hier in Köthen gab es eins für sie. Damit war es das schönste Weihnachtsfest für alle.
Ich konnte die Bonbons nicht einmal essen, weil alle meine Zähne nach dem Typhus wackelten und Vater sie mit Einweckgummi aneinandergebunden hatte.

Auch meine Haare waren ausgefallen – doch konnte ich gewiß sein, daß sie wieder wachsen würden.
Zu essen gab es an diesem Heiligen Abend falsche Bratheringe aus Hefepulver, in Essig gelegt, paniert mit Hefepulver, in Rapsöl gebraten, und das schmeckte für uns – wie Bratheringe. Hinterher gab es als Nachspeise Griespudding mit eingemachten Kirschen, die uns die Familie Hippen gestiftet hatte.

So hat ein Ehepaar aus Köthen eine Flüchtlingsfamilie aus Komotau Weihnachten 1945 glücklich gemacht.

Der Engel mit der Rose

Joshuel, der kleine Engel, der als zweiter Schutzengel für Peter Angermeier ausgebildet wurde, ging in die vierte Klasse der Engelschule, in dieselbe Klasse wie Peter auf der Erde. Joshuel war ein kleines, strammes Kerlchen mit einem verschmitzten Gesichtsausdruck, und an einem grünen Band trug er eine Rose im Haar. Er war ein besonders eifriger Schüler und hatte sich vorgenommen, der beste Schutzengel im Himmel zu werden, nur war das gar nicht so einfach. Wie sollte er den Peter schützen, wenn der gar nicht an Schutzengel glaubte, und Joshuel hilflos mitansehen mußte, wie Peter durch die Trennung seiner Eltern litt und in der

neuen Wohnung seiner Mutter wie ein gefangener Tiger herumlief.
Joshuel ließ Peter keinen Moment aus den Augen, und atemlos lief der kleine Engel als Gehilfe des großen Schutzengels Peter bei allen seinen sinnlosen Bewegungen hinterher.
Mit Entsetzen mußte Joshuel, als Peter durch ein großes Kaufhaus hetzte, feststellen, daß Peter für seine geliebte Mutter zu Weihnachten ein tolles Parfüm klauen wollte, um sie zu trösten und zu erfreuen. Joshuel schaute den großen Schutzengel an, aber der sah gelassen Peters Treiben zu. Der kleine Schutzengel verwandelte sich blitzschnell in einen kleinen Jungen, riß Peter das Parfüm aus der Hand, stellte es zurück und sagte:
»Bist du verrückt, du kannst doch nicht auch noch klauen«, und wollte wieder in seine Engelsebene

zurück, aber o Schreck – er wußte nicht mehr, wie das ging!

Nun stand Joshuel vor dem erschrockenen Peter mit einer Rose in seiner blonden Frisur und in Jeans und Hemd. Hinten schauten die Flügel raus, und ein ganz helles Licht war um ihn. Beide Kinder sahen sich erschrocken um, aber keiner der Erwachsenen beachtete sie.

Peter faßte sich als erster und sagte: »Wie siehst du denn aus, du Affe! Warst du beim Fasching, du Trottel, hau doch ab!«

Aber Joshuel schaute Peter hilfeflehend an:

»Hilf mir, Peter, ich kann nicht mehr zurück.«

»Wohin zurück, du Schießbudenfigur? Und woher weißt du eigentlich meinen Namen, du, du, du ... Rosenkavalier?«

»Ich bin dein zweiter Schutzengel, Peter. Wirf deinen Mantel über mich und laß uns schnell hier raus.«
Peter reagierte genauso schnell wie Joshuel, warf seinen Mantel über den kleinen Engel, vor allem über seinen Kopf. Wie kleine Teufel rannten beide aus dem Kaufhaus und so lange die Straße entlang, bis sie sich unbeobachtet fühlten.
Peter war ganz Herr der Lage und untersuchte Joshuel nach Kriminalkommissarart.
Keine Waffe – die Haare waren echt, die Rose saß fest und die Flügel auch.
»Ja, ich glaub' ich spinn', was mache ich denn mit dir? Du scheinst ja wirklich echt zu sein.«
»Du mußt mich verstecken, Peter, hilf mir. Ich kenne mich ja auf der Erde gar nicht aus. Ich brauche nichts zu essen, du mußt mich nur verstecken, bis sie drüben merken, daß ich fehle.«

Peter überlegte: »Mutter arbeitet, wir sind erst einmal allein. Also komm, gehn wir heim.«
Unterwegs bemerkte Peter, daß sein Schutzengel auch noch leuchtete.
»Sag mal, wie heißt du denn, du Engel mit der Rose?«
»Joshuel.«
»Sag mal, Joshuel, kannst du nicht dein Licht abstellen? Das glaubt uns doch keiner, daß du ein gewöhnliches Kind bist.«
Peter war auch nicht gerade auf den Kopf gefallen und Joshuel durchaus ebenbürtig. Sie schlichen ins Haus, in die Wohnung. Da waren aber gar keine Möbel, weil sie erst vor zwei Tagen eingezogen waren. Die Matratzen lagen noch auf dem Fußboden, und es gab nur einen Schrank im Zimmer seiner Mutter. Also konnte Joshuel sich nur hinter einem Kamin verstecken, der durch Peters Zimmer ging.

Die Mutter kam, Peter wurde ganz ruhig, machte viel Licht, damit Joshuels Leuchten nicht so auffiel, begrüßte seine Mutter und sagte, er sei heute sehr müde, und da morgen Weihnachten sei, wolle er sich ausschlafen. Die Mutti mit ihren Sorgen nickte freudig, streichelte erstaunt seinen Kopf und sagte: »Du bist aber lieb.«

Peter verschwand im Zimmer mit einer Schere, um wenigstens das Haar von Joshuel abzuschneiden und die verdammte Rose zu entfernen. Am liebsten hätte er ihm auch die Flügel abgeschnitten, aber da protestierte Joshuel aufs entschiedenste. »Die Flügel bleiben!«

Aber um den Kopf herum sah der Engel jetzt ganz manierlich aus.

»Die Rose schenken wir morgen deiner Mutter anstatt deines geklauten Parfüms, sie wird immer blühen und immer duften.«

»Du mit deiner Klauerei.« Vorwurfsvoll schaute Joshuel Peter an. »Jetzt sitzen wir beide ganz schön in der Patsche.«
»Ach, hab dich nicht so, Joshuel, ich finde es ganz toll, daß du da bist. Wir feiern zusammen Weihnachten, und du wirst sehen, die Erwachsenen merken überhaupt nichts.«

Glücklich krochen sie beide in Peters Bett und tuschelten. Joshuel mußte Peter von der Engelschule erzählen, von den Erzengeln, von sechsflügeligen glühenden Seraphim, von Cherubim, von Engelsfürsten, und daß die Blumen einen gemeinsamen Engel haben, daß es überhaupt für alles Engel gibt, aber die Menschen sie nicht mehr wahrnehmen.
»O Gott, o Gott, hoffentlich merken sie drüben, daß ich abhanden gekommen bin.«

Peter streichelte seinen Engel und meinte: »Wenn du nur mein zweiter Schutzengel bist, wird dich der erste schon finden. Die lassen dich jetzt ein bißchen schmoren, weil du übereifrig warst. Wir werden die Sache schon schaukeln.« Und beruhigt schliefen sie beide ein.

Alles ging glatt bis zum Abend. Peter schaute seine Mutter treuherzig an und meinte, er habe heute einen Schulkameraden, den Joshuel, eingeladen; und er schob den kleinen Engel zu seiner Mutter, immer mit seiner Taschenlampe hinter ihm herumfummelnd, damit die Mutter das Licht nicht so sähe. Joshuel sah ein bißchen bucklig aus, weil seine Flügel sich unter dem Jeanshemd bei jeder Bewegung bauschten, obwohl Peter sie mit einem Strick festgebunden hatte.

Peters Mutter schaute voll Mitleid auf dieses arme Kind und fühlte sich durch den Anblick seltsam getröstet. Es wurde ein schönes Weihnachtsfest.
Der Weihnachtsbaum strahlte mit dem Licht von Joshuel um die Wette, und die Rose, die so wunderbar duftete, war das schönste Geschenk, das sie je bekommen hatte, meinte die Mutter.
Den ganzen Abend blieben ihre Augen an der Rose hängen, und Peter erwähnte mit keinem Wort seinen Vater, der zum erstenmal an Weihnachten fehlte. Er hatte ein Weihnachtsgeschenk direkt vom Himmel – einen kleinen Rosenengel.
Als Joshuel am nächsten Morgen vom ersten Schutzengel wieder abgeholt wurde, versprach er Peter:
»Ich darf mich erst mal nicht mehr in einen Menschen verwandeln, aber immer, wenn du mich brauchst,

werde ich dich ganz leise am Kopf kitzeln, dann weißt du, daß ich in deiner Nähe bin, und wirst keine Angst haben.«

Wie der kleine Engel Joshuel zu seiner zweiten Rose kam

Da stand er nun, der Engel Joshuel, mit eingezogenen Schultern und gesenktem Kopf, wieder in seiner Engelsebene, vor dem großen Schutzengel Johannes. Und er hatte das Gefühl, tausend Engelsaugen schauten auf seinen von Peters Schere zerzausten Kopf.

Damit hatte er gar nicht so danebengetippt. Johannes konnte sich eines Lächelns nicht erwehren, und wie er den zerknirschten Joshuel im Vollgefühl seiner Schuld dastehen sah, fing er an zu lachen, und dieses befreiende Lachen setzte sich in den himmlischen Sphären fort. Joshuel wurde immer kleiner und kleiner. Plötzlich hörte er es rauschen, und er wußte, was das bedeutete – Erzengel Michael nahte mit seinen Engeln mit dem blauen Flammenschwert. Joshuel sah nur den Saum von Michaels saphirblauem Mantel – er wagte nicht den Blick zu heben.

Er hörte die starke und doch sanfte Stimme des Engels des Glaubens – und die Angst fiel von ihm ab, und er sah in die leuchtenden Augen von Michael.
»Na, du Wanderer zwischen den Welten, Joshuel, was hast du dir denn bei deiner Hilfsaktion gedacht ?«
Michael hatte Mühe ernst zu bleiben, weil auch er den zerzausten Kopf von Joshuel sah; und mit einem Blick gab er seinen Engeln zu verstehen, nicht zu lachen. Joshuel atmete durch und sagte:
»Gedacht – gedacht habe ich eigentlich gar nichts – ich habe sofort gehandelt.«

»Und du meinst, das sei eines Schutzengels würdig?« fragte Michael ernsthaft. »Nicht denken – gleich handeln?«

Joshuel antwortete: »Nein, ich habe in der Engelschule gelernt, daß ich ruhig bleiben und in jeder Situation, die mir begegnet, erst nach dreimaligem Durchatmen neutral und ohne Emotionen handeln darf.«

»Na, mein lieber Joshuel, diese Lehre scheint ja ziemlich spurlos an dir vorübergegangen zu sein. Du warst nicht neutral, nicht ohne Emotion und durchgeatmet hast du schon gar nicht. Aber was noch schlimmer ist, du hast sogar das Schlüsselwort vergessen, das dich wieder auf die Engelsebene zurückbringt. Was macht man mit so einem Schutzengel, wie willst du ein kleines Menschenkind schützen, wenn du genauso unbedacht handelst wie dein Schützling?«

Michael fuhr sich durch seine Haare, da fiel so viel Licht auf Joshuel, daß er seine Augen schließen mußte. Sein Herz fing an zu zittern. Er hatte sich so gewünscht, ein Engel zu werden, er hatte in allen seinen Menschenleben nur diesen Traum gehabt, gut zu sein, seinem Vorbild Jesus Christus nachzueifern.

Und er hatte es geschafft, weil er so viel Liebe und Licht angehäuft hatte in allen seinen Menschenleben, daß die Ausnahme geschah – er wurde Schüler in der Schutzengelebene.

Und gleich am Anfang verpatzte er sich die Arbeit so vieler Leben. Zwei große Tränen kullerten aus seinen Augen. Und siehe da – die zwei Tränen verwandelten sich in rote Rosen und schwebten auf seinem Kopf.

Nun war er der Engel mit den zwei Rosen.

Und Joshuels erster Gedanke galt Peter: O Gott, wenn Peter mich jetzt so sieht, dann bin ich ja mehr als eine Schießbudenfigur.
»Eben«, sagte Erzengel Michael humorvoll, »der Peter wird dich eben nicht mehr sehen, das wirst du ihm durch deine Überlegenheit ersparen. Also, Joshuel, Engel mit den zwei Rosen, sei ein guter Schutzengel, indem du immer Herr der Lage bleibst und deine reine Energie und dein Licht auf deinen Schützling überträgst.«

Und nun begann in der Engelsebene das Fest der Geburt des Christuslichtes, das Weihnachtsfest – und wahrlich: Hier war es ein schönes Fest.
Ein Fest des Lichtes und der Freude!

Die Buche Mohammed und die Christrose Isis

In einem Garten, Englischer Garten genannt, in der Stadt München pflanzte ein kleiner Junge eines Tages Christrosen zwischen zwei über der Erde lagernden, großen Wurzeln einer Buche. Er hatte keinen Garten, und er liebte diese Blumen über alles, die von Dezember bis März in der schlimmsten Kälte, selbst bei Eis und Schnee, ihre Blüten erhoben und leise vor sich hinleuchteten.

Er kam im Sommer oft mit einer kleinen Gießkanne, setzte sich zu Füßen der Buche und redete mit seiner kleinen Blume.

Er nannte sie Isis.

Die Buche mit ihrem hohen, schlanken Leib und ihren stark ausgebildeten Augen, mit dem schönsten Schwung einer Augenbraue, den man sich vorstellen kann, schaute dem Jungen da unten neugierig zu.
Auf einer Seite des Stammes fehlten ihr noch ein paar Augen. Sie strengte sich sehr an, um viele neue Augen zu bilden, und wünschte sich einen totalen Rundumblick.
Die Buche war eine männliche Buche, dem Jupiter zugeordnet.
Er nannte sich Mohammed.
Mohammed fühlte das Wachsen der Christrose an seinen Wurzeln manchmal wie ein Kitzeln, eine leichte Berührung an seinen Füßen. Der ganze Baum erschauerte, und verwundert schlug er seine Augen nieder und betrachtete dieses kleine grüne Ding da unten mit den hahnenfußartigen Blättern.

Was sollte denn daraus werden, aus dieser Isis, wie der kleine Junge sie nannte.

Es wurde Winter.
Im Dezember, als es ziemlich kalt und rauh war, traute Mohammed seinen Augen nicht. Zu seinen Füßen lächelte ihn eine weiße Blüte an, und ein ganz zartes Stimmchen sang leise vor sich hin.
»Ich bin das Licht, die Blume des Lichtes, du großer Baum – hörst du mich? Ich durchdringe die Kälte und die Finsternis. Christrose, Schneerose bin ich genannt. Das Menschenkind sagt Isis zu mir, auch das bedeutet Licht.«
Und ein weißgoldener Strahl leuchtete in die vielen Augen der Buche.
»Wie heißt du denn, du Baum, der du mir Schutz gewährst zwischen deinen Wurzeln?«

»Mohammed heiße ich. Ich bin ein überaus glücklicher Baum. Jetzt besonders, muß ich gestehen, kleine Isis, wo du mir zur Gesellschaft zu meinen Füßen wächst. Im Winter schließe ich gewöhnlich meine Augen und schlafe so vor mich hin, spare Energie, damit mein Leib nicht friert. – Aber deine liebliche Stimme hat mich geweckt.«
Die Christrose versuchte an ihm hochzuschauen.
»O Mohammed«, sang sie, »Mohammed, dein schlanker, hoher Leib geht ja bis in den Himmel. Die Sterne funkeln über dir, und der Vollmond leuchtet durch dein Geäst. Was für eine Nacht!«

Sie verbog ihren Hals, und ihre Blüten kamen ins Schwanken.
»Oh, Mohammed, du bist zu hoch für mich. Bitte erzähl mir, was du siehst.«

Damit schwang sie ihren Kopf wieder in die Waagerechte.

Mohammed lachte. »Du, meine Kleine, brich dir bloß nicht den Hals. Ja – was sehe ich? Ich sehe die Kirchtürme von München, jetzt im Winter besonders viele Dächer der Stadt und Licht in den weihnachtlich geschmückten Wohnungen der Menschen. Ich höre das Rauschen des Eisbachs, und ich sehe die Sonne aufgehen. – Fast. – Und ein bißchen sehe ich sie untergehen. – Fast. –

Und jetzt sehe ich, wie du, den Vollmond und die Sterne der Nacht. Bist du zufrieden?«

»Ja, Mohammed, ich danke dir.

Morgen kommt mein kleiner Menschenfreund und nimmt meine Blüten mit nach Hause. Ich habe die Unterhaltung mit dir sehr genossen, großer Mohammed.«

Mohammed geriet außer sich. »Was, dieser Junge, der dich so liebevoll gepflegt hat, schneidet morgen deine herrlichen Blüten ab ? Das ertrage ich nicht.
Was ist das für eine Welt, wo alles, was schön ist, getötet wird?«
»O Mohammed«, sang jetzt die Stimme der Christrose, »sei nicht traurig, schau mich mit deinen vielen Augen an. Ich werde die ganze Nacht nur für dich leuchten und singen. Und du bewahrst meine Schönheit in deinem Herzen, bis im nächsten Winter meine Blüten wieder zu dir aufschauen.«
So sang die Christrose Isis die ganze Nacht für die Buche Mohammed.
Der Baum schlief ein. Er hörte nicht die Schritte des kleinen Jungen, der in den Morgenstunden des Heiligen Abends die Blüten der Christrose abschnitt, um sich zu Hause an ihr zu erfreuen.

Die Kinder des neuen Zeitalters

Als Kaiserin Helena, sie starb im Jahre 328, das Kreuz Christi in Jerusalem gefunden und eine Kirche über dieser Stelle erbaut hatte, kehrte sie nach Rom zurück.
Sie bat den Edelmann Emerius, in deutschen Landen eine Stelle zu suchen, wo sie einen Teil der Heiligtümer aus Palästina hinsenden könnte.
Emerius kam schließlich auf einen Berg in Schwaben, wo es ihm sehr wohl gefiel.
Hier erbaute er zu Ehren Christi eine Kapelle, und die Kaiserin schenkte ihm ein Stück des heiligen Kreuzes und Teile der Dornenkrone. Emerius errichtete auf dem Berg, einem Plateau, mit einem umfassenden

Blick über den Bodensee bis in die Schweizer Alpen, eine Feste und verwahrte die ihm anvertrauten Reliquien.

Da kam die Pest über die deutschen Lande, und eine heilige Frau aus Meersburg, namens Clarete, hatte eine Vision und riet daraufhin allen Kranken, auf den Berg zu gehen, um dort zu beten. Und sie wurden geheilt. Der Berg wurde Heiligenberg genannt.

Und diese Heiligenberger wollten im 13. Jahrhundert eine eigene Kirche bauen und sammelten Baumaterial und lagerten es an der Stelle des heutigen Friedhofs, auf einer Anhöhe etwas außerhalb des Dorfes. An dem Tag, als sie mit dem Bau beginnen wollten, war alles Baumaterial, die schweren Baumstämme, die sie in wochenlanger Arbeit hierher geschleppt hatten,

verschwunden, wie sehr staunten sie da. Sie schauten sich die Augen wund und konnten sich dieses Geschehen nicht erklären.
Plötzlich sahen sie ein sonderbares, helles Licht.
Lagen da nicht riesige Baumstämme?
Sie liefen, so schnell sie konnten, dem heutigen Röhrenbach zu. Und da lag tatsächlich gestapelt das ganze Baumaterial für ihre Kirche.
Wer konnte dies getan haben in nur einer Nacht und völlig ohne Lärm?
Die Engel, nur die Engel konnten dies gewesen sein.
Die Heiligenberger folgten dem göttlichen Wink und bauten ihre Kirche in dieses Lichtfeld.

Immer noch wandern die Heiligenberger in der Christnacht in die Kirche nach Röhrenbach, mehr oder minder gläubig, mehr oder minder miteinander

verfeindet sitzen sie in den Bänken, heute jedoch in Andacht versunken.
Ihr Priester Andreas hat ihnen schon ab und zu ein Licht angezündet.

Heute zum ersten Mal ist Susanne mit ihrer Großmutter in der Christmette.
Susanne ist die Urenkelin des Imkers Josef, ein aufgewecktes, zartes Kind im Alter von vier Jahren, mit großen blauen Augen und spärlichem blonden Haar. Sie spricht ein klares Hochdeutsch, obwohl alles um sie herum alemannisch schwätzt.
»Du bist meine Allerliebste«, beschwört sie der Vater, »aber warum schwätzt du nicht wie wir?«
»Ich schwätze nicht, ich spreche«, erwidert Susanne. Wenn sie sich von ihrer Großmutter verabschiedet, sagt sie jedesmal hingebungsvoll:

»Großmutter, wann werden wir uns jemals wiedersehen?«

Sie scheint völlig in sich zu ruhen und ist ein fröhliches Kind. Sie ist sehr gerne auf der Wiese, wo die Schafe ihres Vaters weiden und die Mutter abgezäunt ein kleines biologisches Gärtchen bepflanzt.

Dort spielt sie stundenlang mit den Gnomen und Naturwesen und kann es kaum erwarten, der Großmutter ihre Erlebnisse zu erzählen:

»Weißt du, Großmutter, ich nehme den Gnom ganz vorsichtig in meine beiden Hände und hebe ihn hoch. Ich reibe meine Nase an seiner Nase, aber die Nasen der Gnome sind ganz kalt.«

Sie macht das der Großmutter vor – und diese meint:

»Ja, Susanne, woher hast du denn das Wort: Gnome?«

»Ja siehst du sie denn nicht?« antwortet die Kleine.

Und nun sitzt Susanne auf dem Schoß der Großmutter, damit sie auch alles besser sieht und ihr nichts entgeht in der Kirche, und sie schaut auf den goldenen Stern, der über der Krippe, auf dem blauen Grund besonders im Kerzenlicht funkelt.

Priester Andreas hat die Kirche festlich geschmückt und spricht über die Geburt des Christuskindes in dem armseligen Stall, über dem ein Stern leuchtet, über die Hirten auf dem Feld und die Könige aus dem Morgenland, die dem Christuskind ihre Gaben bringen:
Weihrauch, Myrrhe und Gold.
Susanne kuschelt sich an ihre Großmutter und ist froh, daß sie ein warmes Bett hat und nicht frieren muß. Plötzlich sieht sie einen großen Engel in einem weißen Gewand, welches schimmert wie gefrorene

Schneekristalle, umgeben von goldenem Licht, über den Altar schweben.
Und laut sagt Susanne in die Stille der Kirche:
»Oh, seht ein Engel – er zündet den Pfarrer an!«
Der Engel berührt Andreas, der nun ganz in Licht gehüllt am Altar steht. Er selbst spürt es wie einen Stromschlag, der durch seinen Körper fließt.
Susanne streckt ihre Ärmchen aus, und die Menschen sehen nur, daß Susanne von unsichtbaren Händen hochgehoben, nach vorne getragen wird und ganz aufmerksam auf etwas schaut, was über ihr ist. Sie wendet ihren Kopf wieder der erstaunten Gemeinde zu und sagt mit klarer Stimme:
»Ich bin der Engel der Verkündigung der großen Gottmutter. An der Schwelle des neuen Zeitalters komme ich, um erneut das Licht in euch anzuzünden, Töchter und Söhne des Himmels.

Licht oder Dunkelheit – ihr habt immer die Wahl.« Der Engel berührte jeden Menschen in der Kirche mit seiner Liebe, und Susanne sah mit seinen Augen das Licht oder die Finsternis, die jeden einzelnen umgaben, und großes Mitgefühl erfüllte sie.
Nachdem dies geschehen war, setzte sie der Engel wieder auf den Schoß der Großmutter, zog einen mächtigen Lichtkreis um diesen Raum, und alle hier Versammelten sahen jetzt ein goldenes Licht – und für einen Moment öffneten sich die Mauern ihrer Kirche, und der Sternenhimmel erschien glasklar über ihren Häuptern.

Susanne schmiegte sich an ihre Großmutter und flüsterte: »Du bist ganz reich und ganz schön.«
Andreas stand immer noch angewurzelt an derselben Stelle – er hatte alles gesehen und dachte:

»Wenn ihr nicht werdet wie die Kinder, werdet ihr nicht ins Himmelreich kommen!«
Es geht die Mär, daß an diesem Heiligen Abend an vielen Orten der Erde Engel erschienen, um die unendliche Liebe der großen Gottmutter und ihre unendliche Vergebung zu verkünden.

Die Tanne Rosenbäumchen

Annalene lebte in einem kleinen Städtchen im Allgäu, wir wollen es Lindenberg nennen. Sie hatte einen kleinen Laden mit Kristallen und Steinen aller Art und hinter dem Laden eine gemütliche kleine Wohnung. Annalene war nachtblind und hörte sehr schwer. In ihren Ohren saßen winzige Apparate, die sie ein bißchen mit der Außenwelt verbanden.

Dafür hörte sie mehr nach innen. Sie sah auch mehr als andere Menschen durch ihr geistiges Auge, in der Mitte der Stirn. Vor allem strahlte Annalene Liebe aus.

Sie war einfach Liebe.

Die Menschen kamen gerne in den Laden, weil es so glitzerte, wenn sich die Sonne in den Steinen spiegelte, und wenn sie mit einem Stein wieder von dannen gingen, waren sie irgendwie getröstet.
Es kamen viele Frauen und brachten ihre Kinder mit, und die Kinder von Lindenberg fingen alle an, sich für Steine zu interessieren, zuerst weil sie so bunt waren und sich so schön anfaßten, und später mußte Annalene ihnen alles über die Kraft und die Bedeutung der Steine und ihrer Farben erzählen.
Es entstand daraus eine kleine Runde von sechs Kindern, die regelmäßig ihren Laden besuchten und einfach nicht mehr gingen. Was sollte Annalene nur mit den Kindern machen, die absolut an ihr und den Steinen klebten ?
Sie hatte eine gute Idee, sie erfand eine japanische Teezeremonie. Jeder bekam eine Teetasse mit Blüten-

tee, dazu kleine Kekse. Es mußte eine höfliche und ruhige Unterhaltung stattfinden, wenn es zu laut wurde, pfiffen die Apparate in ihren Ohren, das tat Annalene sehr weh, und verstehen konnte sie dann nichts mehr.
Die Kinder begriffen das sehr schnell und sprachen deutlich und nicht zu laut. Sie stellten jedoch viele Fragen.
»Annalene, sage uns, wo wohnt Gott – in der Kirche?« fragte ein kleines Mädchen.
Annalene lächelte.
»Nein, in dir, Kirsten. Gott hat sich so gut versteckt, er wohnt in dir und in Alexander und in Brigitte und Tamara, in Tina und Uschi«, dabei sah sie die Kinder an.
»In euren Herzen ist seine Wohnung, und alle Menschen suchen ihn außerhalb. Bei den Indern

lehrt man, daß Gott vier Zentimeter unter dem Nabel wohnt.«

Kirsten faßte sich an den Bauch und meinte: »Hier wohnt Gott? – da darf ich aber nicht so viel essen, sonst hat er keinen Platz!«

Alle lachten und waren sehr glücklich, daß Gott in ihnen wohnte.

»Auch in Vati und Mutti?« wollte Alex wissen.

»Ja, auch in Vati und Mutti.«

»Da sieht er doch alles, was wir machen!«

»Ja, Kinder, das ist es, er sieht und hört auch alles, was wir tun.«

An diesem Nachmittag verließen die Kinder Annalene sehr nachdenklich.

Am Abend schliefen sie in ihren Bettchen ein, mit ihren Händchen auf dem Bauch oder Herzen, um Gott zu spüren und ihm nahe zu sein.

Weihnachten kam.
Annalene kaufte ein Bäumchen im Topf, eine hübschgewachsene kleine Tanne, und fertigte aus rotem Seidenpapier Rosen. Sie schmückte damit ihr Tannenbäumchen und feierte einen ruhigen, heiteren Weihnachtsabend.
Am nächsten Morgen stürmten die sechs Kinder in ihre Wohnung, um übersprudelnd ihre Geschenke zu zeigen, und freuten sich auf die japanische Teezeremonie.
»Schaut mal!« schrie Tamara, aber sie wurde gleich wieder leiser, »Annalenes Weihnachtsbaum sieht aus wie ein Rosenbäumchen!«
»Ja, wißt ihr, Kinder, früher, als die Leute noch ärmer waren, machten sie den Weihnachtsschmuck selbst. – Rosen kommen von der Venus, sagt man, die Rose ist außerdem eine heilige Blume, und es gibt auch ein

Rosenkreuz, müßt ihr wissen – und so habe ich das Bäumchen mit Papierrosen geschmückt.«
»Das hast du schön gemacht«, sagte Brigitte.
»Und warum hast du den Baum in einem Topf?« fragte Alexander.
»Weil ich die Tanne im Frühjahr in den Wald pflanze.«
»Oh, dürfen wir da mit, wenn du dein Rosenbäumchen einpflanzt?«
»Ja natürlich dürft ihr mit, ich freue mich darauf.«

Endlich war es Frühling, und mit Genehmigung des Försters gingen sie an den Waldrand. Einen Hang, der in Gefahr war abzurutschen, hatte sich Annalene ausgesucht.
»Seht ihr, Kinder, wir müssen hier Bäume und vor allem Sträucher pflanzen, die das Erdreich halten. Haselsträucher und Weiden, Erlen und Kiefern.

Hier pflanzen wir jetzt das Rosenbäumchen.« Alexander hatte einen Spaten dabei und machte ein großes Loch. Zärtlich pflanzte Annalene die Tanne in die Erde.

Sie segnete das Bäumchen und tröstete es.

»Wachse und gedeihe, Rosenbäumchen, und werde eine mächtige Tanne.«

Die großen alten Tannen lachten laut.

»Habt ihr das gehört, wir bekommen eine verkleidete Tanne, die Frau hat wohl noch nie ein Rosenbäumchen gesehen!«

Annalene hörte es, sah auch den Spott der Baumwesen und meinte:

»Ja, so was gibt es, nehmt die Tanne in die Gemeinschaft des Waldes auf, ihr werdet doch nicht so höhnisch sein wie die Menschen. – Es ist ein Kosename, sie heißt Rosenbäumchen.«

»Ja, mit wem sprichst du denn, Annalene?« fragten die Kinder.
»Mit den Baumgeistern, sie haben über den Namen ›Rosenbäumchen‹ gelacht.«
»Kannst du denn die Baumgeister sehen?«
»Ja. – Wollen wir uns ein bißchen setzen, Kinder?«
Sie suchten sich alle ein Plätzchen auf dem Holz, das am Weg aufgestapelt lag, und hörten Annalene aufmerksam zu.
»Ihr Kinder des neuen Zeitalters, schaut, der ganze Wald – die Wiesen – das Wasser – die Berge – alles in der Natur ist beseelt. Kleine, für unser bloßes Auge nicht sichtbare, ätherische Wesen von unglaublicher Schönheit hüten alles, was Gott geschaffen hat. Seht ihr, nicht nur in euch, überall ist Gott. Er hat sich alles sehr sinnvoll ausgedacht und ist in allem um uns herum. Findet ihr das nicht auch sehr beruhigend? –

Wenn ihr wollt, werdet ganz still, schließt eure Augen und bittet den Gott in euch, daß ihr diese kleinen Naturwesen sehen oder spüren dürft.«
Andächtig schlossen die Kinder ihre Augen. Annalene lehrte sie, sich vorzustellen, Licht in die Stirne, zwischen die Augenbrauen zu denken und zu leiten und dadurch zu schauen.
»Oh, ich sehe ein blaues Licht!«
»Ich sehe ein grünes!«
»Und ich sehe ein rotes!«
Und jedes Kind fühlte und sah die reinen Energien, die in der Natur ausgetauscht werden in Form von Licht und Farben; und die Wesen des Waldes freuten sich, daß man sich ihnen neugierig und mit Freude zuwandte.
Die Mutter von Alexander kam am nächsten Tag zu Annalene in den Laden und schimpfte:

»Was erzählen Sie denn den Kindern für einen Quatsch. Gott wohnt in meinem Bauch, und im Wald gibt es Geister, da verblöden die Kinder ja noch mehr. In der heutigen Zeit weiß man überhaupt nicht mehr, an was man sich halten soll. Man hat das Gefühl, alles bricht auseinander, überall nur Schreckensnachrichten, und Sie bauen den Kindern eine sogenannte heile Welt mit beseelter Natur und so einem Unsinn. – Gott ist überall, wenn ich das schon höre – ich sage Ihnen, ich habe von Gott und seiner Liebe noch nichts gespürt in meinem Leben, nur Leid und Unglück. Ich will nicht, daß Sie mir mein Kind verderben und für dieses Leben untauglich machen.«
Annalene schaute die Mutter liebevoll an. Sie wußte um das Leid und die Bitternis dieser Frau.
Sie sagte einfach: »Kommen Sie doch mit zu unserer Teezeremonie, hören Sie den Kindern zu und sehen

Sie, ob es ihnen abträglich ist, was sie aus ihrem Höheren Selbst erfahren.«

Die Mutter von Alexander war nun das ganze Jahr mit den Kindern im Laden bei der Teestunde. Sie lernte vieles über Steine und die heilende Wirkung, die von den Steinen ausgeht.

Sie besuchten natürlich öfter das Rosenbäumchen und hatten sich einen tollen Plan ausgedacht: Alle gefährdeten Stellen am Waldrand sollten bepflanzt werden. Die Mutter von Alexander half ihnen dabei. Sie hatte ihre Aufgabe gefunden: Bäume zu pflanzen. Und dies gab ihrem Leben einen neuen Sinn, und ihre Bitternis schwand.

Das Rosenbäumchen wuchs inzwischen am Waldrand zu einem kräftigen Tannenbaum heran und erzählte gerne und immer wieder von der wunderbaren Erfahrung, mit Rosen geschmückt zu sein und

im Lichterglanz an Weihnachten in der Wohnung der Menschen zu stehen und so viel Aufmerksamkeit zu erregen.
»Ja, und nach Weihnachten schmeißen die Menschen ihre Tannenbäumchen einfach weg«, ereiferten sich die alten Tannen.
»Aber ihr seht doch, mich haben sie nicht weggeworfen, man hat mich mit den Wurzeln hierhergebracht.«
»Ja, du bist ja auch das Rosenbäumchen« – und der ganze Wald lachte.

Und der Winter kam wieder ins Land.
Im Allgäu war es sehr kalt, und es lag außergewöhnlich viel Schnee auf dieser Erde, was in den letzten Jahren nicht mehr oft vorgekommen war.
In den Häusern von Lindenberg standen viele Tannenbäumchen in Töpfen auf dem Weihnachtstisch,

mit Seidenrosen und Strohsternen und Gebäck, in bunten Farben festlich geschmückt.
Die Augen der Kinder glänzten vor Freude, und ihre Tannenbäumchen durften im Frühling am Waldhang weiterleben.

Nach dem Weihnachtsfest liefen die Kinder wieder in den Laden zu Annalene, um von ihren Weihnachtserlebnissen zu erzählen. Verwundert stellten sie fest, daß ihre Eltern im kleinen Laden von Annalene versammelt waren, jeder mit einem Kissen bewaffnet, wollten sie der Teezeremonie ihrer Kinder beiwohnen und von ihnen lernen, wie man die Welt verändern kann, im Glauben, daß Gott in uns wohnt.

Inhalt

Märchen und Bilder für das Kind
im Erwachsenen und für den wissenden
Menschen im Kind. Geschichten zwischen
Traum und Wirklichkeit, sensibel erzählt
und illustriert mit zauberhaften Bildern
voller Geheimnis und Poesie.

nymphenburger

Die Geschichte der Eleonore Kowaltscheck, die die Schauspielerei aufgegeben, viel vom Ballast des täglichen Lebens abgeworfen und ihr Leben allein auf die Werte Freiheit, Freundschaft und Liebe ausgerichtet hat und der es gelungen ist, trotz Zweifeln und inneren Kämpfen am Ende eins mit sich und dem Universum zu werden.

»Natürlich ist viel von meinem Leben in die Figuren des Romans geflossen ... Ich bin die Summe von allen und immer verbunden mit den Sternen.«

Ruth Maria Kubitschek

nymphenburger